ATENÇÃO: Prazo à Frente

Uma comédia sobre procrastinação

CRISTINA LARK

ISBN livro impresso: 978-1-9161621-2-9
ISBN ebook: 978-1-9161621-3-6

"Você tem metas, você tem planos, você tem um futuro brilhante pela frente. Mas você também tem Candy Crush, Facebook e 1.035 e-mails não lidos que você decidiu que agora é um bom momento para organizar. Bem-vindo ao cérebro de Cristina, uma entidade própria, com vontade própria, que está convencida de que o conceito de tempo é uma ilusão e que, de repente, agora é um ótimo momento para ler sobre o assunto online".

Cansado de levar uma vida chata sem emoção?

Sonhando com aquele rush de adrenalina que te mantém ligado e te faz sentir vivo?

Seus problemas acabaram!

Junte-se a milhões de humanos nesta prática testada e aprovada que é garantia de te levar ao pânico nas situações mais evitáveis e se afobar como se não houvesse amanhã porque se você perder o prazo... talvez não haja.

PROCRASTIN-8

Com PROCRASTIN-8, nenhuma tarefa com prazo será realizada sem a sensação emocionante de que no final você vai conseguir cumpri-la, numa manobra épica, com o auxílio do seu ajudante de super-herói favorito:

DEUS!
(que sempre aparece para livrar a sua cara)

Trabalho importante para entregar na faculdade? Por que desperdiçar seu precioso mês pesquisando como um trouxa e colocando todo seu esforço em escrever frases coerentes, quando você pode varar a noite da véspera e entregar um trabalho meia-boca que vai quebrar o galho?

Declaração do imposto de renda para entregar? Por que desperdiçar seu precioso tempo entre notas fiscais e recibos quando você pode varar a noite da véspera e entregar contas que pelo menos não vão te levar preso?

Então, o que está esperando? Não perca mais tempo e entre nessa agora mesmo. Porque se você gosta de procrastinação... essa é a única coisa que você vai ser capaz de começar agora, mesmo.

PROCRASTIN-8: um amanhã melhor para você.

Efeitos colaterais incluem: não conclusão de qualquer projeto pessoal sem prazo, fracasso generalizado, mediocridade, e auto-ódio crônico.

* * * *

Esse comercial fictício foi a primeira coisa que eu escrevi quando decidi que ia fazer uma peça solo de uma hora hora sobre procrastinação. Observem que eu não disse "assim que eu decidi". É importante fazer essa distinção.

Que tipo de fraude eu seria, escrevendo toda uma peça sobre procrastinação imediatamente após ter decidido? Até a decisão em si só veio acontecer 8 anos após o meu primeiro vago contato com a possibilidade de escrever uma peça solo. Alguns tipos de empreendimentos não estão imediatamente disponíveis para nós, pelo menos em nossas mentes. Ouvimos falar de outras pessoas fazendo isso, mas quando se trata de visualizarmos a nós mesmos fazendo, essa realidade parece muito mais distante. Como é que alguém como eu poderia escrever e fazr turnê de uma peça? Não é preciso ser famoso? Ou ter contatos? Ou ser parte de uma agência? Ou ter uma sólida experiência em já ter escrito material semelhante? Ou tendo ganho uma subvenção do governo? Ou...

E então, a ideia de alcançar o sonho se dissipa. Há algo que "precisa acontecer primeiro", com certeza, e "esse algo" ainda não aconteceu, então estacionamos a ideia. O "algo", no meu caso, o que me fez ver que era possível para mim, foi ser convidada a dirigir otro ator em um festival e, já que eu estava lá, ter a oportunidade de assistir a muitas outras peças solo. Isso desmistificou toda aquela ideia que parecia assustadora. Isso me mostrou "não é tão complicado assim". E em agosto de 2017, depois de passar pelo estande do Adelaide Fringe no festival Fringe de Edinburgo (onde eu finalmente fui, mas como visitante), eu disse a mim mesma: "Quer saber? Eu posso fazer isso! Estou pronta. Este é o ano em que me inscrevo em um festival. Eu vou para Adelaide! Vou para a Austrália! ". Eu tive todo o mês de setembro para encontrar um teatro que aceitasse minha peça. E para isso, eu precisava de um título, um pôster e uma sinopse..

A peça, não ironicamente, recebeu o nome de **"ATENÇÃO: Prazo à Frente - Uma comédia sobre procrastinação"**, Eu não sabia mais nada sobre o que seria o show. Eu tive a ideia de fazer o pôster parecer "em construção" (veja a capa deste livro), para que os teatros pensassem que era uma sacada inteligente, quando na verdade a construção ainda não havia nem começado.

Funcionou, porque eu fui aceita em 4 dos 5 teatros aos quais me candidatei. Ótimo. Agora, só falta o último pequeno detalhe: escrever a peça. Eu tenho que me abrir com vocês agora, e contar que eu sofro de um grave distúrbio psicológico. Chamado...

... "A Síndrome da Tela em Branco".

É uma condição séria que você desenvolve, tá? Porque quando você tem uma tarefa clara e mecânica, com começo, meio e fim lineares, com informações claramente pré-organizadas prontamente disponíveis para simplesmente inserir campos claramente demarcados, e com um resultado que oferece praticamente risco ou confronto zero, o único obstáculo a superar é quebrar a inércia e começar. Mas quando você tem uma tela em branco, a liberdade de gerenciar seu próprio tempo e começar qualquer coisa do zero, e você tem muitas idéias para projetos, um bloqueio misterioso começa a ocorrer:

Com qual deles eu começo? Por onde começo? Não sei nem por onde começar. Preciso mesmo começar por esta atividade? Já sei, vou passar um pano úmido no chão primeiro para arejar as ideias, e aí eu mando ver. Na verdade, sabe o que é mais importante? Ganhar o dinheiro que estou ganhando agora, com essa fonte de renda sem graça e sem saída. Prioridades, né, gente?

Quando você vai ver, semanas, meses, anos se passaram e você ainda não conseguiu começar a trabalhar no projeto que realmente queria. O processo de escrita da minha peça não foi diferente. Eu cheguei a escrever para uma artista que admiro, contei a ela sobre meus planos, e perguntei como ela faria um vídeo promocional obrigatório. Ela respondeu, dizendo "por que você não faz um comercial"? Então o infomercial acima nasceu, e entrou a peça como a cena de abertura.

O resto do processo de escrita (e, portanto, o resto da peça), no entanto, foi mais ou menos assim:

Ah, que vídeo legal! Tão inspirador. Que referência mais útil para a peça que eu deveria estar escrevendo. Deixa só eu ver que horas são e-

Hmm... preciso subir e arrumar todas essas 5.000 fotos do meu mochilão, porque eu não vou ter paz de espírito enquanto não terminar...

Seu mochilão não foi em 2016?

Cristina sensata

Sim, mas daqui a pouco vão ter passado mais 2 anos e tudo ainda vai estar no meu HD externo. Então este é o momento certo para fazer isso. Óbvio. Eu estou inspirada, estou concentrada, estou em fluxo. Além disso, tenho certeza de que vai ser um trabalho rápido...

FOTOS

3 Meses Depois...

Fada do Lapso de Tempo

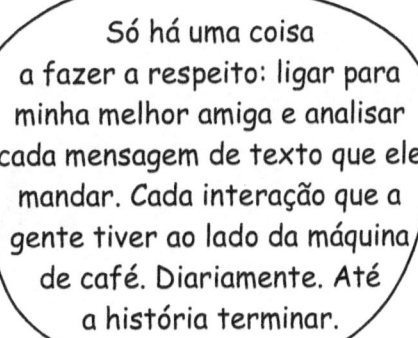

Eu tenho tempo até a estreia. É só lá em março, mesmo...

Eu tenha tempo até a estreia. É só lá em março, mesmo...

* Se você é um nerd musical e quer saber a melodia exata, você pode encontrar a partitura no final do livro. Eu fiz uma partitura. Sim, um mês DEPOIS da ÚLTIMA apresentação. Sim, eu estava fugindo de uma tarefa mais importante (e mais chata).

Eu sou ótima para começar coisas e não terminar.

É tão empolgante, né? Começar coisas. Porque fica tudo sempre no plano da ideia. Você se imagina no futuro, tendo realizado esses feitos incríveis... e desconsidera totalmente todo o trabalho que isso implica. Você só vê os resultados.

Por exemplo, sempre foi um sonho meu da vida toda "ter feito" uma peça de comédia no Adelaide Fringe. Mas quem iria dizer que para fazer uma peça... você precisa antes escrevê-la? E não é só sentar e sair digitando como se você estivesse possuída pela fada da criatividade, nã-nã-nã-nã-não. Quem iria dizer que você teria que passar séculos olhando para uma tela em branco? E que a tela está tão suja? E que tem tanta sujeira entre as teclas do seu teclado?

A coisa está ficando um pouco intensa para mim, eu preciso de um drink. Todos nós deveríamos beber! Vamos jogar um jogo de beber! Um desses jogos tipo "eu nunca"! Vocês bebem se nunca fizeram o que eu vou falar. Aí vai:

Quem aqui nunca pegou um cartão de visita, ou um post-it dobrado, e começou a cavocar toda aquela massinha de migalhas, pêlo de sobrancelha e poeira que sai do teclado do seu computador? Especialmente os modelos mais antigos, em que o espaço entre as teclas é maior, sai mais ronha... É tão satisfatório. Pontuação dobrada se você já encontrou... uma unha. Eu já achei minha cota de unhas no teclado do meu computador do trabalho. E eu não corto as unhas no trabalho. Então claramente trata-se de unhas alheias. Unhas de terceiros. Isso aí foi algum funcionário anterior, que sentava na minha mesa sabe-se lá há quanto tempo, e a unha está lá desde então, ficou aí esse tempo todo, me enchendo agora dessa mistura de nojo e perplexidade e...

Sou só eu?

Me diz que não sou só eu.

Enfim, seguindo em frente... Façamos de conta que isso nunca aconteceu...

Quem iria dizer que quanto mais você tem que pensar, mais você vai ser estranhamente, magneticamente, atraído para a geladeira?

Imagine que você tem algo bem importante para fazer. Algo que requer raciocínio, criação, não algo meramente mecânico. No seu computador. E você está bloqueado.

Isso é o que acontece:

31

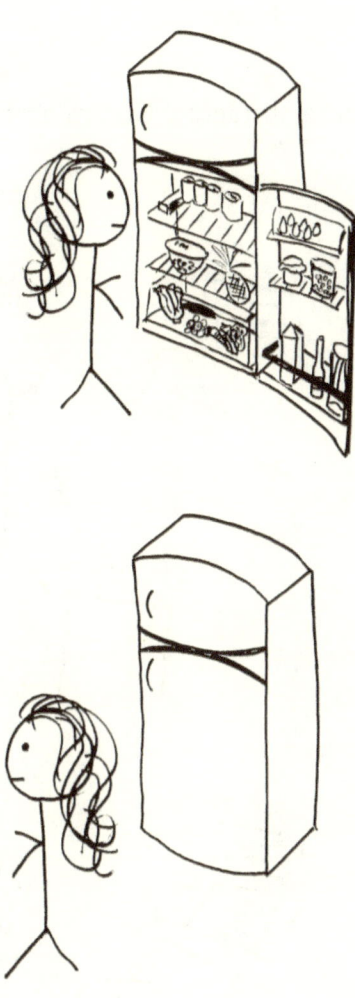

5 minutos depois...

O mesmo obstáculo! Ou um obstáculo diferente.

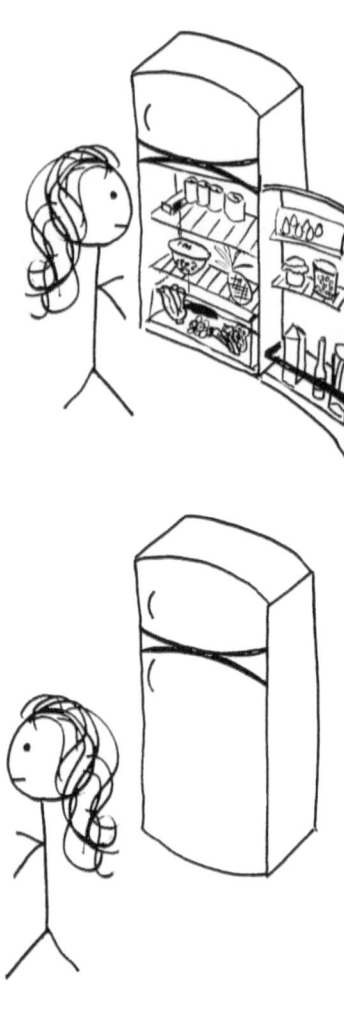

Na maioria das vezes você nem come nada!

A gente fica que nem zumbi teleguiado hipnotizado!

Beba se você nunca abriu sua geladeira pensar.

Beba se você nunca parou de fazer o que estava fazendo no computador, com a necessidade de procurar no google algo xis.

Sim, eu sempre quis *ter feito* uma peça de comédia, e eu diria que fiz bons avanços. Por exemplo, com aquele infomercial que eu escrevi no começo, e aquela musiquinha que e comecei a compor aqui e agora, eu consegui o que, no meu conceito, é uma sessão muito intensa de 3 minutos de trabalho duro. Pela qual eu totalmente mereço uma pausa. É conquistada, é merecida

Então vamos continuar jogando o jogo da bebida!

Quem aqui nunca procrastinou? Sobre o que quer que seja?

Se eu vir alguém bebendo agora, eu vou chamar de mentiroso.

Porque a gente sempre pensa *nos outros* procrastinando como eles sendo preguiçosos, desorganizados ou mesmo covardes... (você com certeza já ouviu essa daquela sua amiga que só fala de coaching motivacional e "mentalidade de sucesso": "ah isso é medo do fracasso, medo do sucesso"). Mas não é tão simples.

Eu, por exemplo, procrastino para fazer coisas que seriam super gratificantes, super prazerosas, super úteis para me ajudar a progredir na vida, porque eu sofro de um distúrbio psicológico grave. Chamado...

Síndrome da Couve de Bruxelas.

É uma doença séria que você desenvolve, tá? E eu culpo minha mãe por isso. Porque quando eu era criança, eu sabia exatamente o que eu queria, eu tinha aquilo bem na minha frente, e eu ia atrás. E então, minha mãe falava: "Você não vai comer esse petit gateau até terminar sua couve de Bruxelas".

E foi assim que tudo começou. Desde a minha infância, eu tenho comido a couve de bruxelas da vida, como se eu ainda precisasse *merecer* o petit gateau da vida. O petit gateau nunca chega, é sempre "para mais tarde", para depois de eu ter engolido algo amargo e horrível, e que supostamente é "bom para mim".

TENDA DA SABEDORIA

É preciso comer a couve de Bruxelas se quiser ganhar o petit gateau.

Não, não é. Não existe correlação científica nenhuma de causa e efeito entre essas duas coisas. Mas estamos condicionados a acreditar que existe. Estamos condicionados a acreditar que prazer é só uma recompensa. Mas agora que somos todos adultos, sem a supervisão dos nossos pais, e possivelmente tomamos drogas muito mais pesadas, tente comer uma colherada de sobremesa antes da sua refeição.

[rufar de tambores]

Não acontece nada!

Ou talvez eu esteja condenada a ir direto para o inferno assim que eu morrer. Quem sabe o que me espera? Quem sabe? Mas-

Eu não posso simplesmente culpar a minha mãe por tudo que dá errado na minha vida. Isso não seria justo, vamos ser justos. Sejamos adultos, sejamos maduros, não é tudo culpa da minha mãe.

Eu culpo meu pai também.

Só pela genética. Porque meu pai nasceu em Barcelona- e sabe como algumas cidades do mundo têm esses monumentos icônicos que as simbolizam internacionalmente? Como Sydney tem a Ópera, o Rio tem o Corcovado, Paris tem a Torre Eiffel, Adelaide tem... é... as... bolas do shopping ...

Então. O símbolo de Barcelona é uma catedral que está em construção desde 1882. O cara que começou a construí-la morreu antes de conseguir terminar. E então outras pessoas assumiram o projeto. E sabe o que eles disseram, em 2011? Que talvez, quem sabe, fique pronto lá por 2028. Agora, você pode imaginar isso sendo uma desculpa plausível, aceitável, para você usar na sua vida pessoal ou profissional?

Ai! Eu sei! Eu sei!!!

Por que é que a gente não abre a loja do jeito que está - acompanha o meu raciocínio, me segue – A gente abre a loja como um canteiro de obras que as pessoas podem visitar, meio inacabado, mesmo, e diz que desse jeito é chique? Assim a gente nem precisa de um prazo, nunca, e as pessoas ainda vão querer ir e pagar para ver a *construção* em si.

45

Sim, que porra é essa?

Mas é, essa é a catedral de Barcelona. A Sagrada Família, caso vocês queiram visitar. Como vocês devem saber, é bem caro entrar, ela está longe de estar concluída...

E isso é o que está no meu sangue também. Começar as coisas e nunca terminar. Se eu nunca tivesse um prazo, acho que nunca terminaria nada. Não que ter prazos me torne um ser humano mais eficiente. Porque mesmo na escola, se uma professora dissesse: "Vocês têm 97 anos para entregar esse trabalho!" - com certeza ainda assim eu só começaria a fazer o trabalho 96 anos, 11 meses e 3 semanas depois.

Na escola, eu sempre fazia minha lição de casa na noite da véspera da entrega. Até que eu percebi que podia fazer isso madrugada adentro. E foi o que eu fiz. Até que eu percebi que poderia começar cedinho na manhã do dia da entrega. E por que terminar em casa, quando você tem todos aqueles minutos livres no ônibus escolar para terminar de jogar glitter no seu trabalhinho de ciências?

E eu lembro daquele dia épico, quando a professora olhou para mim e disse: "Cristina, resposta da questão 14". Então eu levantei, li a pergunta, ignorei todas aquelas linhas em branco abaixo dela onde a resposta escrita deveria estar, e comecei a falar como se estivesse lendo um parágrafo articulado. Todos os meus colegas ficaram olhando para o caderno, olhando para mim, olhando para o caderno, olhando para mim. Atônitos.

Até a galera que me fazia bullying, por um segundo, ficou com cara de: "Respeito".

sim, essa é a saudação dos Jogos Vorazes.

E foi assim que tudo começou. Eu passei a me orgulhar de sempre ser capaz de dar um jeito no final. Isso se tornou "super Cristina", "Esse é o meu gingado"...

E gingando eu fui, ao longo da idade adulta. Correndo, descabelada, sapatos nas mãos, o portão de embarque do avião fechando na minha cara como num filme do Indiana Jones, minha passagem aérea cortada ao meio... Mas eu estava dentro! Eu tinha conseguido! De novo! eu estava voando pelo céu... nquanto todos os outros passageiros do avião olhavam para mim como a turba enfurecida de aldeões do Cairo num filme de Indiana Jones.

Reparem só. Acreditar que sempre podemos dar um jeito no final faz com que nós procrastinadores sejamos muito bons na arte de estarmos sempre atrasados. Existe uma correlação.

Mas, vamos acabar com alguns mitos aqui.

Mito número 1: Estar sempre atrasado é uma questão de falta de respeito pelos outros

Não é. Nós, procrastinadores cronicamente atrasados, temos um otimismo patológico, e vivemos em negação de como o tempo funciona.

Por exemplo, digamos que eu marquei de encontrar alguém em uma cafeteria às 3 da tarde.

Isso é o que acontece no meu cérebro. É assim que acredito firmemente que as coisas vão acontecer:

15:00

Oi! Quanto tempo! Não se preocupe comigo, eu só estou esperando aqui faz 5 min. Eu cheguei cedo. Pega lá um café, vamos pôr a conversa em dia!

50

E isso é o que realmente acontece:

15:14

Ai gente! Desculpa o atraso! O ônibus atrasou, o trânsito está uma loucura, e ainda por cima eu não estava achando as minhas chaves para sair de casa e- Está esperando há quanto tempo? Por favor, não fica brava!

14:59

Vaaai, ônibus! MAIS RÁPIDO! Anda! Vai, pontinho azul do Google Maps... Anda! Anda! Anda! Anda!

53

Hmm... Acho que dá para sair às duas e quinze, acho que não vai ter problema. Transporte público, especialmente nessa cidade, é rápido, confiável, e nunca sofre atrasos inesperados. Além disso, essa coisa que eu tive a manhã inteira para fazer... De repente estou tão focada em fazer agora. Tenho certeza de que eu termino em 5 minutinhos.

Eu tenho problemas.

O que me leva ao:

Mito número 2: Procrastinação é uma questão de falta de força de vontade.

Vocês sabem, todos nós temos um diabinho num ombro e um anjinho no outro. E evidentemente temos que ouvir o anjo.

Por que o diabo vai falar algo como:

> Obaaaa!
> Vamos encher a cara e passar o dia comendo bisnaguinha com requeijão na frente da TV de pijama!!!

E o anjo vai falar:

Não! Vamos acordar às 5 da manhã e fazer ioga matinal! E beber suco verde com chia e espirulina no café da manhã! E então, depois de um longo e produtivo dia de trabalho, podemos nos recompensar assistindo a um documentário ou lendo um bom livro!

O que faz muito sentido. Se o seu anjo não é um filho da puta como o meu.

Ahhh... É um novo dia... E eu tenho o dia todo pela frente. Um novo começo! Uma tábula rasa! Uma tela em branco, onde eu posso pintar o que eu quiser! Eu posso fazer qualquer coisa. Eu posso conseguir qualquer coisa. Este é o primeiro dia do resto da minha vida!

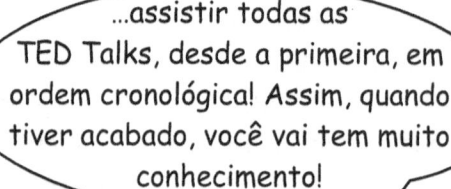

...assistir todas as TED Talks, desde a primeira, em ordem cronológica! Assim, quando tiver acabado, você vai tem muito conhecimento!

É, eu amo saber coisas, adoro conhecimento. Mas sabe o que eu adoraria também? Uma mudança de carreira. Talvez eu devesse enviar currículos ou abrir um negócio, ou-

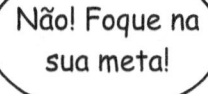

E daí, passe 6 horas lendo artigos sobre como fazer um currículo, como escrever uma carta de apresentação, como abrir um negócio, como se vestir para uma entrevista-

Como se vestir para o verão...
15 famosas que saíram mal vestidas...

Não é perda de tempo, querida. Você precisa fazer todas essas coisas porque você precisa ser boa o suficiente.

Mas eu acho que-

VOCÊ AINDA NÃO ESTÁ PRONTA!!

Pois é. Força de vontade é a menor das minhas preocupações. O fato é que nós, procrastinadores, adoramos nos manter ocupados com preparações eternas, como uma desculpa para sempre adiar as coisas que realmente importam. Porque as coisas que realmente importam não só são o petit gateau da vida, mas também envolvem riscos mais altos. E enquanto a gente não age, vive nesse doce limbo de glória potencial, que só não se materializou ainda porque ainda não partimos para nenhuma ação.

Somos um fracasso? Somos um sucesso?

Quem sabe? Enquanto não tomamos uma atitude e tentamos, podemos ser os dois! Isso é o que eu chamo de Gato de Schrodinger do sucesso.

Um pequeno parêntese: o Gato de Schrodinger do sucesso pode se aplicar a tudo, até mesmo relacionamentos. Um amigo meu me disse uma vez que ele procrastina em responder mensagens de mulher que ele conhece nos aplicativos e fica afim. Ele disse: *"Enquanto eu não respondo para aquela garota com quem eu dei match, eu fui rejeitado e ao mesmo tempo peguei. Mas no momento, o status da situação é: ela me deu o telefone dela. Eu tenho a vantagem. E quem, de sã consciência, iria querer estragar isso partindo para a ação e vendo o que realmente acontece?"*

Mas quando eu digo "não tomamos uma atitude", não é que a gente passe a tarde toda olhando para o teto. E definitivamente não estamos gastando nosso tempo ponderando se devemos ou não fazer algo. Vocês sabem que procrastinação não é isso. Mas alguém deveria contar para todos aqueles tiozões que me ouvem distribuido flyers do show:

Vem ver a minha peça, é uma comédia sobre procrastinação!

- e respondem:

Meh, vou pensar no assunto. Hehe, sacou o que eu fiz? "Estou procrastinando", hehe

Não, Seu Aparício. Não. Isso seria indecisão. Dois conceitos completamente diferentes.

Eu adoro quando homem tenta explicar para mim o que é procrastinação, como eles procrastinam, e como isso que eles estão contando é, na verdade, uma lição de negócios e de vida de valor inestimável para mim, jovem Padawan. E digo "homem" porque, por algum motivo, sempre foram homens. Sempre o mesmo perfil demográfico.

É a deixa para esse diálogo real que tive com esse cara no Facebook quando eu estava, ehm, puramente faze do pesquisa para a peça:

Sempre que tenho um problema que não consigo resolver, vou para a academia, tomo banho ou vou ao mercado. Geralmente isso me dá o espaço que eu preciso para ligar os pontos.

O que você deveria estar fazendo agora em vez de estar no Facebook?

O que eu quiser. Eu tenho liberdade. Eu sou meu próprio chefe. Essa conversa por exemplo é mais gratificante para mim do que fritar ovos e ir tomar um banho. Eu tenho uma agência de consultoria. No futuro, talvez eu lance um curso de procrastinação baseado nessa conversa.

Vamos dar uma olhada mais de perto em suas palavras de sabedoria:

Ô campeão,

1) Alocar tempo para ir à academia, comprar comida ou tomar banho não é procrastinação. É higiene básica, e só o que indica é que sua mãe não faz compras para você (que bom!). As pessoas que não são "seus próprios chefes" também encontram tempo para tomar banho e comprar comida. Eles também precisam fazer todas essas coisas.

2) "O que eu quiser" só é uma resposta aceitável se você for menor de 5 anos. Até mesmo as crianças têm responsabilidades. Você não pode simplesmente cabular uma reunião com um cliente, abster-se de pagar seus boletos, ou ignorar perguntas de sua equipe só porque "você é seu próprio chefe". Por favor, me conta o nome da sua agência de consultoria para que eu nunca contrate seus serviços.

3) Que bom que esta conversa é mais gratificante para você do que... espera, *fritar ovos e depois tomar banho*? Eu pensei que estávamos falando sobre o que você deveria estar fazendo em vez de estar no Facebook tendo essa conversa, já que você disse que "procrastina" para se distanciar de um problema que você não está conseguindo resolver. Se "fritar ovos" e "tomar banho" entram na categoria "problemas que você não consegue resolver", arrisco apostar que você vive com sua mãe sim, no fim das contas.

4) Você vai lançar todo um "curso de procrastinação" com base nessa conversa? O que vai ensinar? "Como gastar seu precioso tempo sendo auto-indulgente e exalando masculinidade tóxica na internet | Módulo Um - Demonstrando suas habilidades toscas de gerenciamento de negócios para estranhos: mais gratificante do que fritar ovos"? - você vai ter que dar uma melhorada nesse nome com certeza, mas sua ideia limitada de como a procrastinação se manifesta me traz ao ponto:

A mera recreação em horários não convencionais não é procrastinação. Ninguém procrastina de propósito, em um horário alocado em sua agenda. Se você disser "vou procrastinar por 2 horas e assistir a este filme em vez de trabalhar", sabendo que em exatamente 2 horas você estará fazendo seu trabalho... e que será ainda mais produtivo como conseqüência desse descanso, então vai me desculpar, você não tem idéia de qual é a luta.

A gente faz coisas. O problema é que as coisas que a gente faz são totalmente prejudiciais ao término da tarefa. Porque todos vocês sabem tão bem quanto eu que procrastinação vai muito além de fazer faxina na cozinha toda antes de começar a trabalhar. Embora eu deva admitir que este **é de fato** o momento perfeito para remover toda aquela gosminha acumulada no bico do frasco de detergente em cima da pia.

O pior tipo de atividade de procrastinação são aquelas que te prendem na ilusão de que você está atarefada. A preparação eterna, como eu disse. Eu sei que não sou só eu, porque eu vejo isso o tempo todo. Eu frequento "focos" de procrastinadores, tipo foco de dengue: Grupos de Facebook para empreendedores. Comunidades online de milhares de pessoas onde todo mundo é aspirante a empresário, todo mundo se diz CEO. Vocês não têm ideia de quanta gente desempregada tem pelo mundo, galera. Porque qual é a primeira coisa que você precisa ter para poder dizer que é CEO, que é empresário? Dinheiro proveniente desse negócio. Mas pergunte a qualquer um nesses grupos e a maioria vai te falar que tem que arranjar clientes, mas que primeiro está construindo o próprio site. *"Meu site não está pronto, meu site ainda não está bom o suficiente..." Você já esteve em uma situação parecida?* Você começa a criar seu site, estilo faça-você-mesmo, porque é grátis, e porque você é quem sabe do conteúdo, de como você gostaria que fosse o visual, e você acredita que vai ser um sereviço de meia hora. Sim, meia horinha no máximo. Qual pode ser a dificuldade? Então, passadas algumas horas, você percebe que é um pouco mais complicado do que você pensou no começo. Tem esse formulário que precisa de um codec que precisa ser customizado, que você precisa pesquisar no Google. Então você pesquisa, o que te leva ao próximo obstáculo. Um pouco mais de pesquisa, e assim por diante. E daqui a pouco, quando você vai ver, 3 semanas se passaram, e de repente você se encontra registrado no módulo 5 de JavaScript da Codecademy. Você está estudando ciências da computação. Você é um estudante de informática. Você saiu totalmente de curso. Mas não dá para dizer que você está enrolando, não dá para dizer que você está desocupado. Você se sente ocupado. Você se sente dando duro. Você se sente esgotado. O esgotamento pode te levar a buscar inspiração... e talvez seja por isso que tantas pessoas nesses grupos de Facebook estão constantemente lendo tudo sobre seus gurus de negócios favoritos, todos os livros que eles publicam. Mas sabe esses artigos do tipo "15 hábitos dos empresários mais produtivos e de maior sucesso? Sabe o que definitivamente não está nessa lista? Ler artigos sobre empresários produtivos de sucesso.

Buscar inspiração é ótimo. Mas eternamente buscar inspiração em vez de fazer as coisas que de fato vão te levar ao seu objetivo é procrastinação. Talvez nunca nos sintamos preparados o suficiente, bons o suficiente. Isso vai além do perfeccionismo. Esse é um distúrbio chamado Síndrome do Estudante Eterno. Você não está aperfeiçoando nada. Você está deixando de agir porque "ainda não está bom o suficiente", "porque não tem seguidores suficientes no Instagram". Sim, eu ouvi essa: *"Quem sou eu para lançar qualquer coisa com com esse número tão plebeu de seguidores?*

Por que as pessoas deveriam me ouvir?" Não! Melhor deixar por um momento mais adiante no futuro, quando tudo estiver nas condições normais de temperatura e pressão. Síndrome do impostor, você diz? Não. Essa é outra manifestação da Síndrome da Couve de Bruxelas: Sempre tem alguma couve de bruxelas que você se impôs que precisa comer antes de chegar ao petit gateau.

Então eu me pergunto se sempre foi assim, ou se houve um tempo em que a vida foi mais simples. Algum tempo em que as pessoas faziam acontecer porque não tinham a opção de deixar para amanhã, não podiam se dar ao luxo de procrastinar. Era vencer ou morrer tentando. O que teria acontecido conosco, seres humanos, como espécie, se nossos ancestrais tivessem procrastinado em tempos de urgência? O que teria acontecido se os povos mais corajosos da história humana tivesse procrastinado?

ESPARTANOS!

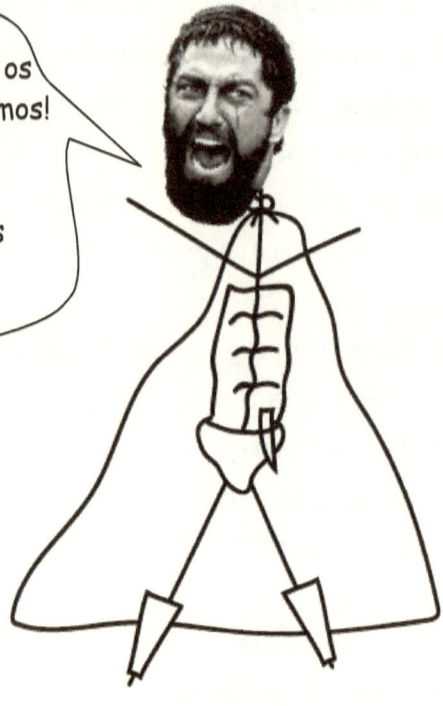

Os flancos inimigos estão avançando! Aqui é onde os deteremos! Aqui é onde lutaremos! É aqui que eles MORREM!

Esta é a batalha que vai nos imortalizar na história! Então precisa ser tudo perfeito!

Eu só vou lá fora quando tiver 100% de certeza que vamos arrasar! Porque, nós somos super bombados e tal, né? Cara, olha para a gente! Mas o exército inimigo também parece foda pra caralho.

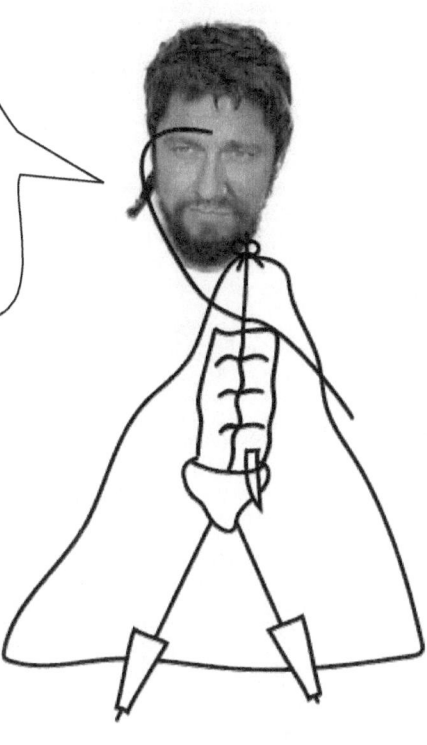

Olha o rei deles, com todas essas correntes douradas insanas de chefe do tráfico penduradas no pescoço! Que tipo de whey será que ele toma, brother?

Além disso, quem vai respeitar um grupo só de 300 pessoas hoje em dia? Eu sugiro a gente ficar por aqui tirando umas fotos de nós mesmos, até conseguir 10 mil seguidores! Isso vai nos trazer um pouco mais de respeito, né não? Um pouco mais de credibilidade? Talvez até faça a gente descolar uns patrocínios mais top. Porque galera, olha só, na real: De quem foi a ideia brilhante de achar que tudo o que bastava pôr na mala e trazer para a batalha era bota cano alto, cueca e capa? Juro, cara, que porra é essa?

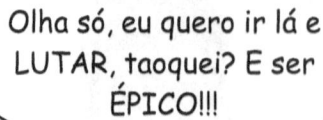

Olha só, eu quero ir lá e LUTAR, taoquei? E ser ÉPICO!!!

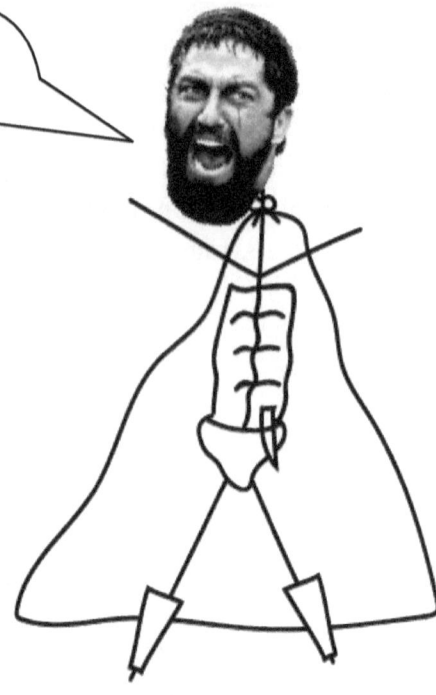

Só estou dizendo que talvez a gente pudesse ver só mais um tutorial no YouTube, quem sabe de krav maga, só para se garantir...

Ou! Ou! Isso me lembra desse vídeo que eu vi outro dia! Putz, é hilário! Até viralizou, vocês devem ter visto, cara, é animal! É esse fera, que aparece usando um macacão de pijama de coelho rosa fazendo uns movimentos de krav maga enquanto fala com umas minas no Chatroulette. Irado, brother, vocês têm muito que ver. Não, cara, vou colocar aqui o vídeo rapidão. Rapidão, brother, e na sequencia a gente retoma a parada lá da batalha-

Não? Não dá tempo?

NÃO DÁ TEMPO! NÃO DÁ TEMPO, CARA!

A gente precisa imediatamente...

... montar uma planilha de excel detalhada com uma lista de tarefas que tem que fazer em preparação para essa batalha. E vamos atribuir uma cor para cada atividade, para ficar mais organizado. Vou começar escolhendo uma cor para "treino", por exemplo. Vamos lá... Verde? Não, verde não é legal, verde não rola, não combina com o nosso brasão. Verde não, tá, peraí, peraí... Amarelo?

Chega de distrações! Foco! ESPARTANOS!! Preparem o café da manhã e comam bem. Porque esta noite jantaremos NO INFERNO!!!

Ou amanhã... quão perto eles estão? Meh, acho que ainda estão bem longe. Uns 2 dias de caminhada no mínimo. Dá tempo de pedir umas pizzas, tomar umas brejas... Espartanos, espartanos: Vamos jogar Fortnite!

É isso aí, galera!!! O torneio de Fortnite está de volta, macacada! Amanhã a gente vê isso aí! Amanhã a gente resolve! Amanhã a gente luta! Tem tempo de sobra!

Espera um pouco.

Não foi assim que aconteceu, isso não ocorreu... mas NÓS estamos aqui hoje. Nós, os procrastinadores. Portadores de genes procrastinadores. Obviamente ninguém aqui descende de gente proativa. Mas quem quer que fossem nossos ancestrais, foram os genes dessas pessoas que chegaram ao presente. Segundo Darwin, nós é quem somos a seleção natural. Nós é quem descendemos dos genes mais aptos do passado! Quem vai dizer que os genes mais adequados para a sobrevivência pertenciam necessariamente àqueles que carregavam a sociedade nas costas nos tempos antigos? A gente está claramente aqui. O que significa que esses genes que a gente carrega avançaram no patrimônio genético por milênios, até o presente, apenas dando aos nossos antepassados a capacidade de... só ficar por perto.

Talvez como tribo, os procrastinadores não precisassem enfrentar prazos sozinhos. Então eles não agiram, só seguiram vivendo. E aqui estamos nós, funcionou!

Embora seja justo dizer que não dá para diferenciar muito os procrastinadores dos proativos nesse cenário. Porque esse povo antigo tinha um prazo ferozmente no encalço deles. Como eu disse, eles não tiveram escolha a não ser agir.

A gente teria feito o mesmo.A gente é capaz de fazer isso também. Não há melhor motivador para agir do que um prazo. A gente vai adiando a tarefa até ficar tarde demais mas à beira de um prazo, a gente faz o que tem que fazer independentemente da qualidade do resultado.

Isso quase soa como um ótimo estilo de vida: só ir adiando a tarefa e sair, e se divertir. Você vai fazer as coisas, mesmo, mais cedo ou mais tarde... Estressar para quê?

Isso seria super legal. Nossa vida seria cheia de experiências incríveis, e a gente nem se sentiria mal por procrastinar Mas não é assim que a coisa funciona, não é mesmo? Não é assim que a gente deixa as coisas para depois. Não é assim que a gente enrola. Definitivamente não somos tão descolados.

Porque é claro, temos um senso de responsabilidade. Tem, está lá. Eu não julgo. Cada um dos nossos sensos é especial à sua maneira especial especial de ser. A gente se recusa a sair e se divertir. "Estou cheia de coisa para fazer! Cheia de pepino para resolver!", a gente diz, para os outros e para si mesmo. Mas se autoimpedir de viver uma diversão real não significa que não haja muito espaço para distração.

Picke Riiick!

(todos os direitos reservados aos criadores de Rick & Morty)

Digamos que você recusou um convite para sair ou assistir a um filme, porque isso seria irresponsável antes de você terminar sua tarefa. Você permanece na sua mesa, na frente do computador, todo orgulhoso do seu comprometimento... Mas as pessoas voltaram da atividade divertida e você percebe que 2 horas e 40 minutos se passaram, e você só ficou lá olhando o feed das suas redes sociais. Em algum momento, durante o seu trabalho, você teve que ir no Facebook para ver uma mensagem que você precisava, viu 6 novas notificações, foi lá olhar todas elas, uma coisa levou à outra, e agora você se encontra vendo as 600 fotos no álbum "Momentos" daquele colega de classe do ensino médio, de quem você mal era amigo, mesmo naquela época. Você decidiu visitar, pela primeira vez, o Instagram da Lady Gaga. Você decidiu olhar os posts da hashtag #PickleRick, porque você lembrou que Pickle Rick existe.

Você precisa se concentrar, mas seu cérebro tenta escapar. Seu cérebro te faz começar a abrir aplicativos aleatórios no seu telefone, ou abrir guias aleatórias no seu computador, e pesquisar coisas aleatórias sobre as quais você nunca pensou que teria qualquer interesse..

Só uma pausinha...

Você poderia perfeitamente ter se divertido com lazer de qualidade nesse tempo. Mas você decidiu, em vez disso, fazer gaslighting em si mesmo para acreditar que está trabalhando.

Minha técnica favorita de gaslighting na procrastinação é jogar esses joguinhos de celular. Porque assim você não está se comprometendo a jogar um videogame de verdade. Não! Isso você só faria no seu legítimo tempo de lazer!

Além disso, esses jogos te dão a ilusão de que vai ser rapidinho. Um joguinho rápido, 30 movimentos no máximo, começo, meio e fim. É quase como se você estivesse... REALIZANDO ALGO! Mas não tem realização, nunca, mesmo no sentido de completar esses jogos! Eles não têm fim! Eles têm níveis infinitos! E as atividades extras! Ai, as atividades extras! Os rankings e as competições paralelas! Os eventos especiais! Se nada mais vai te fisgar, isso vai! Isso não deixa de ser diversão totalmente imerecida, e ainda te enche com a mesma culpa, ansiedade e auto-ódio que vêm quando você não faz o trabalho que você deveria estar fazendo. Mas um fenômeno estranhamente fascinante acontece quando você joga: No mesmo espaço mental em que você está se odiando por não fazer qualquer outra coisa que seria mais produtiva, você também se fecha em um lugar feliz de isolamento dos seus problemas, todo acolchoado exclusivamente com reforços positivos. Tem sempre esse panda fofo (ou o personagem fofo que seja), com esses olhinhos fofos, e todas as palavras que saem da tela são positivas: Impressionante!   Fantástico!   Brilhante!   Empoderada! Independente! Chique!

E então o prazo sorrateiramente se aproxima, e de repente você encontra a força para partir para a ação e completar a tarefa.

O pior cenário para nós, procrastinadores, é quando não há absolutamente nenhum prazo externo para as coisas que queremos fazer. Geralmente são coisas que só dependem de nós, que a sociedade não está de forma alguma nos exigindo. Como aprender a tocar um instrumento musical, a falar outra língua - ou mesmo praticar constantemente, porque isso não adianta fazer uma vez só, é um processo - ou começar qualquer hobby prazeiroso, começar aquele projeto dos sonhos, ou até mesmo se exercitar. Ninguém vai ir para a cadeia por não ter feito essas coisas. Ninguém vai perder o emprego. Ninguém vai morrer. Ninguém vai passar vergonha em público. Seu médico pode até sugerir que você se exercite mais, você pode querer entrar em melhor forma física, mas a verdade é que não tem pressa nenhuma exterior à sua própria determinação. Você pode querer mexer nesse vespeiro e argumentar que "a sociedade está constantemente nos pressionando a perder peso", mas mesmo isso é cada vez menos crucial. Veja, por exemplo, um arquivo das listas de resoluções de ano novo da minha tia Amélia através dos anos - ah, listas de resoluções de ano novo... O obituário predito de todos os nossos planos e metas ...

3 anos atrás: "Quero perder 5 kg"

2 anos atrás: "Quero perder 10 kg"

Ano passado: "Quero perder 15 kg"

Este ano: "QUERO LUTAR CONTRA AS NORMAS OPRESSIVAS DE BELEZA QUE A SOCIEDADE NOS IMPÕE! #Positividade_Corporal

Você vê? Quando não há prazos externos, você pode ficar procrastinando para todo o sempre. Some isso à todas as distrações que a tecnologia astutamente nos fornece, projetadas para viciar, e você terá uma nova geração de gente que não realiza nada, e vive em completa negação sobre sua situação.

Não, não sou! Eu só estou aqui na terapia de grupo porque minha mãe mandou. Mas eu não sou procrastinadora, tá? Eu só tenho vários interesses que não encaixam no sistema tradicional de ensino, é totalmente diferente. Mas minha mãe diz que eu nunca conquistei nada na vida.

Espera só ela ver a fase que eu estou no Candy Crush.

Vocês sabem como Candy Crush pode ser difícil? É mó difícil, meu. Tem níveis que leva dias, até semanas para passar! E você tem que continuar voltando, uma e outra vez, e tentando, tentando, tentando... Se isso não é determinação, então eu juro que eu não sei o que é.

E também envolve todo um conjunto de habilidades, como pensar fora da caixa, driblar o sistema... Por exemplo: Vocês sabiam que quando acabam as suas vidas, você pode ir lá nas configurações do seu celular, lá em Data e Hora, e adiantar o seu relógio umas 3 horas ou mais, e aí você fica com todas as vidas completas? Vocês sabiam disso? Porque tem uma mulher aí olhando para mim e pensando: "Caraca, que ideia genial!" De nada. Você pode fazer isso. Ou, se você é como eu, pode baixar vários outros joguinhos que você pode jogar em um circuitinho de joguinhos para esperar que as vidas voltem a se completar naturalmente. E isso é o quê? Implementação de projeto, otimização de sistemas... É perfeito.

Na verdade, perfeição é a palavra-chave. Sabe quando as pessoas falam que procrastinadores são na verdade perfeccionistas? Talvez por isso que minha mãe ache que sou procrastinadora. Porque eu sou totalmente perfeccionista! Por exemplo: sempre que eu jogo Angry Birds - Tá ligado, Angry Birds? Eu adoro! Se a primeira estilingada for só meh, Eu tenho que começar de novo!

Porque tem que ser perfeito! Eu tenho que fazer o maior impacto, usando o mínimo de recursos, na rota mais otimizada logisticamente... Tem várias habilidades empresariais aí.

Falando em negócios, eu tenho pensado ultimamente- Bom, eu tenho pensado faz um tempo, sobre abrir um negócio. Eu vou contar para vocês o que é. Não julguem, tá? Eu vou contar. É um canal de YouTube! Eu quero ser youtuber, ai gente, vai ser super legal! E já que eu não sou procrastinadora, assim que tive a ideia, eu fui direto para o meu computador e digitei "Como abrir um canal de YouTube". No Google. Na internet. O que significa... Que 3 horas depois... Eu estava lendo o meu décimo texto de blog! Vocês já repararam como todos os textos de blog são malignos? Todos têm esses links malignos no meio do texto, que você meio que tem que clicar, para ler outro texto que meio que complementa a informação! Eles são como aquelas bonequinhas russas, mas com bonecas infinitas! E você tem que ficar clicando, abrindo, lendo, e clicando, e abrindo, e lendo, e-

Ai não, gente, é demais. Eu to ficando estressada, eu preciso de um drink. A gente pode jogar um jogo de beber? Pode?

Não? Não é permitido? Isso aqui não é o AA, cara, é uma parada diferente. Tanto faz. Eu não ligo. Eu vou jogar e pronto! Aí vai!

Quem aqui nunca chegou naquele estágio do seu navegador em que você tem infinitas abinhas microscópicas abertas, com as quais não dá para lidar em um só dia? E aí você fecha seu laptop sem desligar, para poder retomar na manhã seguinte do ponto em que parou? Quem nunca fez uma longa lista de links salvos, que você está "guardando para depois", mas eles estão parados lá há semanas, há meses, há anos? Quem aqui é um acumulador digital? Tipo acumular fotos no seu celular! É! Você tem 4 mil fotos no celular, entupindo a memória, não consegue fazer mais nada com ele, não consegue mandar uma mera mensagem de WhatsApp, e todas as fotos são um horror, mas VOCÊ É INCAPAZ DE DELETAR UMA QUE SEJA???

Quem aqui é um acumulador de emails???

Acumular emails é muito errado, galera. É um hábito muito ruim de se ter. É por isso que no outro dia, quando eu tinha uma coisa muito importante para fazer, eu decidi que a prioridade tinha que ser limpar minha caixa de entrada de e-mails. É, organizar meus emails não-lidos. EU TINHA 1.563!!!

Felizmente para vocês, eu inventei essa técnica inovadora ótima para organizar a sua caixa de emails de uma vez por todas. Vocês querem aprender? Eu quero ensinar, já que eu estou aqui na terapia de grupo, mesmo, e eu não tinha que estar aqui. Então eu vou ensinar, tá bom? Eu vou ajudar. Você vai lá no 1º email da sua caixa de entrada, não importa quantas vezes você precise clicar naquela flechinha que indica "emails 1 a 50 de 2.009.557", vai lá, até o primeiro, e você clica nele. Você dá uma boa olhada para ele. Daí você fecha os olhos e se pergunta:
Esse email me traz alegria?

Eu inventei isso sozinha. Vocês podem me agradecer.

Não, claro que não funciona! Porque os Emails da caixa de entrada são como aquelas bestas mitológicas! Quando você corta uma cabeça, aparecem sete cabeças novas! Quando você está no email nª 6, já chegaram 400 novos emails! Eles nunca acabam, nunca param de chegar! Eu tentei! Eu tentei o jeito tradicional! Eu abri cada um, li, cliquei no link, li o artigo... E sabe o que eu descobri? Lá pelo email 237, que era de junho de 2015 ou algo assim?

Que a maioria desses emails, que você ficou guardando por tanto tempo, contém links... que não levam a lugar nenhum! Ao nada! 404 - Página não encontrada! O que significa... que o autor do artigo, o dono do blog, o criador do curso... seguiram em frente com suas vidas... MAS EU NÃO! EU AINDA ESTOU AQUI! Vagando por uma cidade fantasma...! Agarrada à memória de algo que já morreu... Isso foi demais para mim... Então eu decidi ir... onde o povo está...

Pro YouTube.

Mas eu sei o que vocês estão pensando, tá? Estão pensando: agora obviamente vem a parte em que ela vai falar sobre espirais macabras do YouTube - vocês estão ligados no que eu estou falando. É quando você começa a ver um videozinho inocente, tipo "Como fazer ovo pochê", e quando vai ver são 3h da manhã, e você está vendo "5 avistamentos sinistros que provam que as sereias existem"...

Não, eu não vou falar sobre isso. Porque todos os vídeos que eu assisto são de propósito. É sempre pesquisa, é sempre uma decisão consciente. E é por isso que eu conscientemente assisti... todos os vídeos sobre porque os filmes do Harry Potter são melhores que os livros. E todos os vídeos sobre porque os livros do Harry Potter são melhores que os filmes! E todos os vídeos comparando as duas obras! E os vídeos com teorias de que o Dumbledore é gay!

E quando eu vi todos os vídeos - porque sim, senhoras e senhores, eu vi todo e cada um dos vídeos disponiveis online sobre o tema - eu fui para o Facebook! E para o Reddit! Eu queria ver o que as outras pessoas estavam falando, também! Eu queria me unir à conversa!

Então eu comecei a ler os comentários, comecei a comentar também, comecei a entrar em brigas com estranhos aleatórios sobre coisas para as quais eu não dou a mínima importância... E quando eu dei por mim, EU ESTAVA FALANDO SOBRE O HITLER!

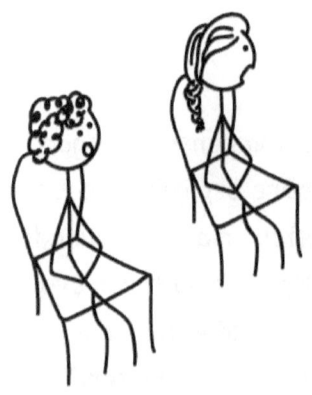

E então, na minha timeline, eu vi um vídeo com o seguinte título: "Estes 3 patinhos estão atravessando a rua. Você nunca vai imaginar o que acontece em seguida". Não se eu não clicar e não assistir a coisa toda, aí é que não vou, mesmo. Então eu cliquei. E assisti.

Gente, olha uma coisa: todo esses clickbaits sempre acabam me pegando. "13 batatas totalmente parecidas com o Channing Tatum – A número 7 vai explodir sua mente". "Assista esse vídeo! Ele vai restaurar sua fé na humanidade". "Clique neste link. Ele vai MUDAR. SUA. VIDA!"... Eu claramente preciso de uma mudança de vida, tipo, olha pra mim. Além do mais, sempre que eu faço o teste do BuzzFeed "Que personagem do Star Wars é você?", eu tiro o JAR JAR BINKS!!! Não importa quantas vezes eu faço o teste, sempre sai o Jar Jar Binks! Eu sempre tento repetir com respostas diferentes para ver se dá outro resultado, mas não. Eu tentei um teste diferente, eu tentei "Que cidade do mundo é você?"... e dá Osasco. Tenho certeza de que nem tem a opção Osasco, mas é o que aparece para mim. Então eu claramente preciso de um feitiço transformador de vida, que mude a minha vida para melhor, então eu saio clicando, e saio assistindo... Mas minha mente continua inexplodida, eu ainda não tenho fé nenhuma na humanidade, e minha vida não mudou. Eu estou começando a pensar que esses posts prometem demais, pode ser? Porque que tipo de vida muda completamente com o conteúdo desses links? E quantas vezes uma única vida pode mudar completamente?

Todas essas questões filosóficas profundas foram mentalmente exaustivas. Então eu tive que dar uma pausa. Do que quer que fosse que eu estava fazendo naquele ponto. O que era? Como foi eu chegue nesse assunto? Eu comecei falando de-

Bom, não importa! O ponto é que eu não sou procrastinadora, tá? Eu só tenho vários interesses que não encaixam no sistema de ensino tradicional, é totalmente diferente. E sabe o que mais? É disso que tem que tratar o meu canal de YouTube! De como a sociedade tenta medir o nosso sucesso a partir de padrões ultrapassados! Um canal motivacional, que inspire as pessoas a tomar a vida pelas rédeas e vivê-la em seus termos! E como eu não sou procrastinadora, vou começar agora mesmo! e-

Eu posso parar quando eu quiser, tá?

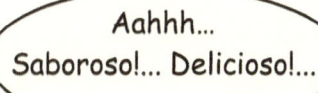

Aahhh... Saboroso!... Delicioso!...

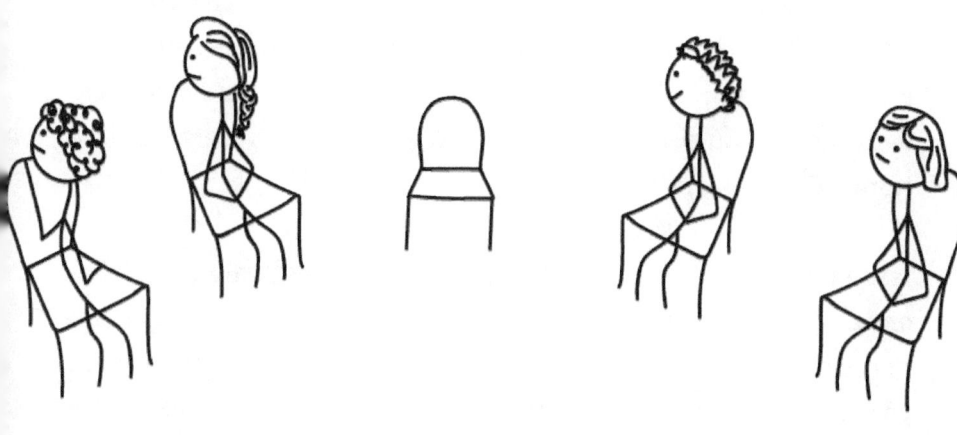

Agora que vocês viram como eu explorei todos os ângulos, e como eu sou 100% consciente de todas essas formas de que a procrastinação pode se manifestar, você deve estar se perguntando: *"Mas então, Cristina, você melhorou no combate à procrastinação?"*

Claro que não.

Eu ainda são tão ruim de cumprir prazos, eu ainda deixo tudo tão para a última hora, que eu consegui a proeza, no meu primeiro festival, o Adelaide Fringe de 2018, na Austrália, de perder o prazo de inscrição. Eu perdi o prazo por estar uma hora atrasada. Uma hora. Não queiram saber.

Isso já transcende a procrastinação: o prazo final para inscrições era 4 de outubro às 5 da tarde ... e meu cérebro tinha computado que era 5 de outubro às 4 da tarde. Então vocês imaginam meu pânico quando eu entrei na página de inscrição na manhã do dia 4, alegremente achando que eu ainda tinha todo um dia pela frente para finalizá-la, e li: "inscrições encerradas, boa sorte e até o ano que vem". Não! Não podia ser! Esse era para ser o ano! Eu tinha feito planos! Eu tinha criado esperanças! Eu tinha finalmente partido para a ação!

Alerta de spoiler, eu participei do festival mesmo assim. Liguei para os fofos dos organizadores. Eu estava preparada para implorar, dar longas explicações, justificativas compridas, me desdobrar em sinceras desculpas... Mas eles simplesmente disseram: *"Sem problemas, você está dentro!"*

E é por isso que... eu amo a Austrália. O mundialmente famoso estilo de vida desencanado deles é perfeito para o meu jeito caótico de ser - imaginem só: se fosse o "Fringe da Alemanha"... Jamais teria rolado. Sem chance.

Mas eu não podia simplesmente ligar assim que eu vi que tinha ficado de fora. Porque era 4 de outubro de manhã para mim, na Europa... mas eram 6 da tarde na Austrália. Não tinha mais ninguém no escritório, o horário comercial era até as 5. Então eu tive que esperar 15 horas até serem as 9 da manhã na Austrália, e alguém estar no escritório para atender o telefone. 15 horas desesperadas de choro, gritos, ataques de pânico, mensagens inapropriadas para muitas pessoas que eu não conhecia, pedindo ajuda (sim, não foi uma cena elegante)... Eu até recorri à reza. E eu ainda estou para ver um ateu que nunca tenha recorrido à oração em um momento de desespero.

Mas eu não sou ateia, estou mais para agnóstica. Eu não tenho ideia do que está lá fora, lá em cima, lá em baixo, midiclorianos no nosso sangue... (sério, George Lucas, você tinha que estragar tudo?)

Mas se o Deus católico existe, tenho certeza que ele está chegando ao ponto de pegar seu Galaxy - Hã? hã? Galáxia, um telefone digno dos deuses (é a deixa para o solo de bateria - eu estou aqui toda terça, gente, experimentem o peixe) Então, ele está chegando ao ponto de pegar seu Galaxy, ver que é chamada minha, e falar: "Rá. Revide emocional".

Mas eu consegui ir para o Fringe, e vocês poderiam dizer que Deus me ajudou. Mas como eu falei, eu não necessariamente acredito em Deus. Eu acredito na ciência. A ciência é quem vem me socorrer em minhas horas mais sombrias de procrastinadora...

No programa de hoje: Vocês provavelmente já ouviram falar na Teoria da Relatividade, elaborada por Albert Einstein. E também já devem ter ouvido falar da Teoria Quântica, criada por... uns outros caras, aí. Ambas são teorias sólidas, elegantes, que explicam o funcionamento do Universo. Mas não juntas. Juntas elas colidem. Colidem, como o desejo que a sua Tia Amélia tem de manter uma dieta, e as colheiradas de Nutela que ela fica enfiando goela abaixo...

Como é possível? Alguns cientistas chegaram a um cenário em que ambas as teorias conseguem funcionar juntas em perfeita sincronia. Como você e sua melhor amiga tentando decifrar os posts do seu ex nas redes sociais. Ambas as teorias só podem funcionar juntas se... o universo... for um holograma.

Isso abre as portas de novas e fascinantes discussões: Somos uma projeção? Quem está projetando? Somos a única projeção? Somos... uma simulação?

Existe uma versão mais rica e bem sucedida de nós vivendo alegremente em um universo paralelo, em uma linha do tempo alternativa? E se for o caso? Se houver uma versão melhorada de nós vivendo em outra linha do tempo? Significaria que todo esforço que fazemos nessa linha do tempo é inútil, porque não é a linha do tempo em que era para ser?

E o que é tempo? Segundo Einstein, a linha que divide passado, presente e futuro não passa de uma ilusão. Não existe futuro, é sempre agora. Não importa o quanto você planeje com antecedência, é sempre agora. Daqui a três meses, é agora. Se não fosse pelo Facebook e aquelas postagenzinhas irritantes de "Há 5 anos atrás nesta data", que só mostram o quanto você envelheceu, e o pouco que realizou nesse tempo todo, você nem notaria. Desative essa função, e todas essas memórias simplesmente se fundem, em uma bola de feno de flashes aleatórios sem qualquer tipo de ordem.

E falando em idade, não percam o próximo programa, em que discutiremos como, com os avanços da tecnologia, biotecnologia, nanotecnologia, edição genética CRISPR, transhumanismo... finalmente seremos capazes de conquistar o processo de envelhecimento humano.

Boa noite.

Uau... É ISSO AÍ! O tempo é uma ilusão! O que significa... que eu tenho todo o tempo do mundo! Eu nunca vou ficar velha! Nunca vou envelhecer! Nunca vou morrer! Eu vou viver PARA SEMPRE!!!

A essas alturas você já deve ter reparado que isso aqui não é nenhuma TED Talk, em que eu "analiso a procrastinação" e "ofereço uma nova perspectiva" em "soluções inovadoras"... Olha cara, eu não tenho solução para seus problemas. Tome um rumo. #NãoFazemosReembolso

Mas eu tinha que terminar a peça. E eu não queria terminar com uma lição de moral, porque quem sou eu para dar qualquer tipo de conselho sobre procrastinação? Então, primeiro eu pensei em um final onde eu desejaria que esses avanços da ciência aconteçam durante a nossa vida, para que nosso tempo possa ser estendido e nossa idade possa ser revertida, antes que seja tarde demais, do contrário, estamos todos ferrados.

Eu pensei em encerrar a peça pedindo para um contra-regra falar para vocês escreverem, antes do início, aquilo no que vocês estão procrastinando, em um pedaço de papel, e então, colocar todos os pedaços de papel no... Sacolão dos Sonhos Adiados

Não um simples saco de supermercado aleatório que eu peguei de última hora porque não tive tempo de preparar um saco decente, isso é totalmente proposital

- e no fim, eu sortearia alguns para ler, conscientizando a todos de que precisamos agir sobre as coisas que importam agora.

A tradução pode ser lida tanto como:

"NÃO É TEMPO DE DESPERDIÇAR"

ou como

"NÃO HÁ TEMPO A PERDER"

Oooh, viu só? ERA de propósito!

Eu pensei em encerrar a peça com uma frase de efeito retumbante, como "O prazo final... é a sua vida!" (vida – vida – vida - vida) ← *tem até eco.*

Mas olha para mim! Eu nem precisei arranjar um final, e acabei falando por toda uma hora, não? Conforme o prometido! Pessoal... Eu dei um jeito no final, não dei? Eu consegui!

Eu acredito que sempre vou conseguir dar um jeito no final! Eu acredito que meu tempo sempre vai se estender magicamente! Eu acredito que enquanto eu continuar sendo imatura, e saindo com caras que têm a metade da minha idade - o que a propósito está na total legalidade, porque eu tenho 36 - eu nunca vou ter uma ruga, um cabelo branco! Eu vou ser jovem para sempre! Eu acredito que o tempo sempre vai se curvar para mim! Eu acredito em ciência! Eu acredito em Deus! Eu acredito em milagres! Eu consegui, gente! Eu consegui! U-hú!

* * *

Esta foi a minha peça. Como vocês podem ver, eu consegui entregar um produto final, principalmente no prazo (eu tenho que confessar que criei o final no avião para a Austrália, na véspera da noite de abertura). Mas apesar de eu não querer ter terminado com uma "moral" - primeiro, porque era uma comédia, segundo porque eu não tenho diploma de psicologia, psiquiatria, nem sou cientista de qualquer tipo, e terceiro porque, como eu disse, quem sou eu para dar conselhos sobre este assunto? - acabei chegando a um pensamento interessante:

Quando procrastinamos em projetos artísticos ou empreendedores, ou em qualquer outro empreendimento que nunca fizemos antes, talvez estejamos passando por uma das 4 Etapas do Escape. São nada mais que 4 etapas de clareza sobre qual seria o seguinte passo, mas o nome é chique por causa do cenário imaginário (e um pouco sobrenatural) que o ilustra:

Imagine que um dia você acorda em uma sala em forma de cubo.

Não há janelas, não há portas, só muitas telas de TV nas paredes, com circuito fechado de televisão, mostrando cenas coloridas e em alta definição do mundo lá fora. Você pode ver o mundo lá fora, então você sabe que existe. Você até vê que há outras pessoas em outros cubos. Só parece impossível para você estar lá fora, porque você está dentro desse cubo aparentemente hermético.

Agora imagine que o tempo passa, e um dia, em uma dessas telas, você assiste alguém que você conhece conseguindo escapar de seu cubo. Você não vê como essa pessoa fez isso, mas você já viu que ela estava em um cubo antes, e agora está fora. A questão que imediatamente passa por sua mente é: se ela fez isso, como eu posso fazer isso também? De repente parece menos impossível para você eventualmente sair. Suas esperanças são reavivadas. E você começa a procurar por uma saída. Você começa a procurar pistas nas telas, você começa a olhar em volta para ver se há alguma alavanca, qualquer passagem secreta...

E depois de algum tempo, você acaba encontrando uma pequena escotilha que leva a um túnel. O túnel leva a um enorme labirinto. Agora, claro, você pode se aventurar por si só no labirinto (ou talvez você sinta ansiedade, e apenas sente-se, sentindo que entrar no labirinto é assustador - isso também é uma possibilidade). Há apenas um detalhe: o labirinto é totalmente escuro. Qualquer que seja a sua escolha, ela consome muito tempo e não gera muitos avanços.

Um dia, seja na entrada, se você decidiu ficar, ou em algum ponto morto do labirinto, se você decidiu entrar, você se depara com... um amigo seu! Alguém que você conhece. Alguém diferente da pessoa que você viu escapando, essa já saiu. Esse seu amigo tem uma tocha. E um mapa. E convida você a participar da jornada de fuga dele. Ele não podem te tirar, isso é algo que você tem que fazer sozinho, mas você pode segui-lo e ajudá-lo com a fuga dele, como ele fez antes, ajudando outra pessoa em sua fuga. Esta será uma grande experiência para você, um ótimo treino, vocês não vão ser apenas duas pessoas perdidas andando aleatoriamente, guiadas por nada além de esperança e uma vontade imensa de sair.

Você atravessa o labirinto com ele, às vezes até tomando notas de erros, caminhos difíceis, e giros que levam a cantos sem saída. E vocês dois chegam à porta de saída. Seu amigo sai. Você não pode, você é magicamente retornado ao ponto inicial.

Mas agora você sabe como sair, agora você está ciente de caminhos diferentes que você poderia usar, que tornariam mais fácil sair mais rápido, caminhos mais eficientes, menos viscosos ... ainda assim será uma aventura um tanto assustadora, mas você faz isso, e você sai, para aproveitar o mundo.

Houve quatro etapas nesta fuga:

1) O Cubo

Quando você está na Etapa do Cubo, conseguir um objetivo parece fora da sua realidade. Você vê outras pessoas fazendo, mas parece tão improvável para você, que você nem classifica esse objetivo como uma prioridade, por mais que você sonhe com ele. Você se engana pensando "um dia eu faço", mas esse dia nunca chegará, porque você nunca vai se sentir pronto, sempre vai sentir que algo está faltando para "desencadear seu processo". Há uma longa lista de outras coisas irrealistas que, idealmente, precisariam acontecer primeiro para que você possa fazer a seguinte, e a seguinte, e a seguinte, até que você finalmente se sinta "pronto" para realizar a ação que verdadeiramente vai iniciar esse projeto em particular.

2) A Tela

Quando você está na Etapa da Tela, ou seja, quando você vê alguém que você conhece fazendo o que você sonha em fazer - mesmo que você não saiba como a pessoa fez isso - você imediatamente acredita que isso é mais possível para você, mesmo que você ainda não saiba como. Precisa ser alguém que você conhece, não apenas "alguém". Pessoas aleatórias no Instagram ou na TV pertencem ao universo do quase-impossível. Não precisa ser um amigo próximo. Pode ser um ex, um colega de trabalho, amigo de um amigo. No meu caso, aconteceu com alguém que tinha feito o mesmo curso de um dia que eu, alguns anos antes: ela tinha estado lá, no mesmo curso que eu, na mesma "posição" que eu, e um belo dia, ouvi dizer que ela estava escrevendo, produzindo e se apresentando em shows. A gente ouve histórias de pessoas que largaram o emprego para abrir um negócio ou viajar pelo mundo depois que viram um colega de trabalho fazer isso. Basta uma pessoa em seu círculo de amizades, seu círculo social, círculo profissional, ou seu círculo de referências fazer isso antes de você: um uma chama se acende. Não parece muito, mas há um grande passo desde o ponto que você pensa "não é para mim" ao ponto em que passa a pensar "se Fulano fez, como posso fazer também"?

3) O Labirinto

Quando você está na Etapa do Labirinto, você está se esforçando para fazer seu objetivo acontecer, mas tudo parece emaranhado. Você está girando na roda do hamster. Você acredita firmemente que pode conseguir, o que já é uma vitória, mas se na Etapa da Tela você nem sabia como começar, aqui o que te prende é o labirinto de informações, procedimentos, etapas, direções que você vem tomando, até mesmo conselhos. Tem tanto conselho por aí que pode ser confuso, sem falar contraditório, ou pior, ruim, inadequado, oposto à sua ética: digamos que o conselho que alguém te dá para conseguir clientes para o seu negócio é sair adicionando gente aleatória no LinkedIn e no Facebook, e em seguida mandar spam a com a sua oferta, e, sendo contra isso, você volta a pensar "isto não é para mim" ("se é isso que é preciso fazer") e volta a se bloquear. O problema em tentar um faça-você-mesmo às cegas é que, na maioria das vezes, podemos permanecer perdidos no labirinto por anos a fio.

4) A Trilha

Quando você está no Estágio da Trilha, você está finalmente convencido de que o que você quer fazer é possível e muito realista para você, e finalmente vê alguma luz e direção, mas não é você quem está segurando a tocha ou o mapa . Não importa, porque agora você está tão perto: não apenas já está trabalhando no que deseja trabalhar, mesmo que em uma posição auxiliar ou coadjuvante, ganhando experiência prática, mas você também já vai tendo inspirações incríveis. E isso é porque, muito raramente na vida, as pessoas inventam coisas do nada. A maioria das invenções é uma evolução de algo que já existia, e todas elas acontecem porque o criador finalmente viu o que não estava funcionando com o sistema antigo, o por quê de não estar funcionando, e como poderia funcionar.

Da mesma forma, não é incomum que só de acompanhar de perto, observar, trabalhar com alguém que é considerado uma autoridade maior ou mais experiente, desenvolvamos a sensação mais estimulante de todas: o momento em que pensamos "espere um minuto, eu posso fazer melhor que ela". De uma forma muito consciente, inspirada e orientada pela clareza. Não se trata de ser rancoroso, ou delirante, não é como olhar para uma pintura moderna que você não entende e dizer "minha filha de cinco anos poderia pintar melhor". Trata-se de ter essa vontade de saber como melhorar algo que você vê que não está sendo feito da melhor maneira possível, de ter essa faísca de uma nova ideia. Talvez você seja melhor do que eles, talvez você seja tão bom quanto, mas diferente, e é aí que você encontra sua voz. Este é o sinal fundamental de que você está pronto. É muito difícil procrastinar quando você está no final da sua Etapa da Trilha.

É claro que às vezes procrastinamos para arrummar nosso armário ou fazer a declaração do imposto de renda. Mas isso é algo que exige só um pouco de inspiração ou, claro, tem um prazo. Mas se você quer criar algo inovador, e é assustador para você, porque você nunca fez antes, e você tem procrastinado por anos, é provável que você esteja em um desses estágios.

Não é uma procrastinação por falta de disposição, é uma procrastinação que carece da visão de que este projeto é possível para você, ou da direção que removerá a frustração da tentativa e erro eterna e sem saída, ou da faísca que finalmente vai te levar de seguidor a líder, de observador a criador. Este conhecimento é um dos principais contribuintes para você entrar em ação, e a falta dele é um dos principais fatores que podem impedi-lo de agir.

Então, ao invés de se autocriticar dizendo "Estou procrastinando", sua tarefa aqui, seu próximo passo, deve ser tentar identificar em que etapa você está no Escape:

1) Encontre alguém semelhante a você que está fazendo o que você está tentando conseguir. Pesquise ativamente exemplos ou referências que possam motivá-lo e mostrar que é possível. Minha frase favorita do filme Patch Adams acontece quando ele se muda para o dormitório estudantil, e seu novo colega de quarto diz: "Eu não quero parecer grosso, mas você não é um pouco velho para começar a faculdade de medicina?", e ele responde "O Babe Ruth tinha 39 anos quando entrou para os Yankees." O colega de quarto diz "Não, não tinha", ao que Patch diz: "Você está certo. Mas eu preciso muito de um exemplo como esse".

2) Descubra como a pessoa conseguiu, ou melhor ainda, tente encontrar alguém que esteja quase lá ou que tenha conseguido recentemente - porque aqueles conhecidos que você vê "chegando lá" na maioria das vezes não são as pessoas que vão tomar um café com você para explicar como conseguiram.

3) Encontre alguém com quem você possa colaborar, que esteja mais avançado no processo do que você. Em vez de tentar reinventar a roda na sua casa, ter um mentor pode fazer

maravilhas para acelerar o processo no projeto que você está tentando criar.

4) E, claro, confie em sua voz interior quando ela diz "espere um minuto, você pode fazer melhor do que eles!" Esta é a SUA voz, e essa é a verdadeira marca registrada de um criador de sucesso. Você está pronto.

Que você tenha uma vida plena e produtiva. Felizes conquistas!

It's the Fringe

CAUTION: Deadline Ahead

Cristina Lark

♩ = 120

It's the Fringe... And I need to do a

song to start... Eve-ry bo-dy's en-ter-tained and I... put three mi-nutes in the

bag. And what am I gonna do for the next forty seven fucking minutes? Well...

It's the Fringe And I'll do a lit-tle song to start... It warms up all

the au - u-dience Hope be-fore they've hit the bar... Dead-line's ter - ri -

fy - ing me... Fi-nished wri-ting this show yes-ter-day... I just hope they

don't no - tice the mess in my life no con-trol so may-day! (panting)

It's the Fringe... What a bril-liant ge-nius way to start... Eve-ry bo-dy's so hyped

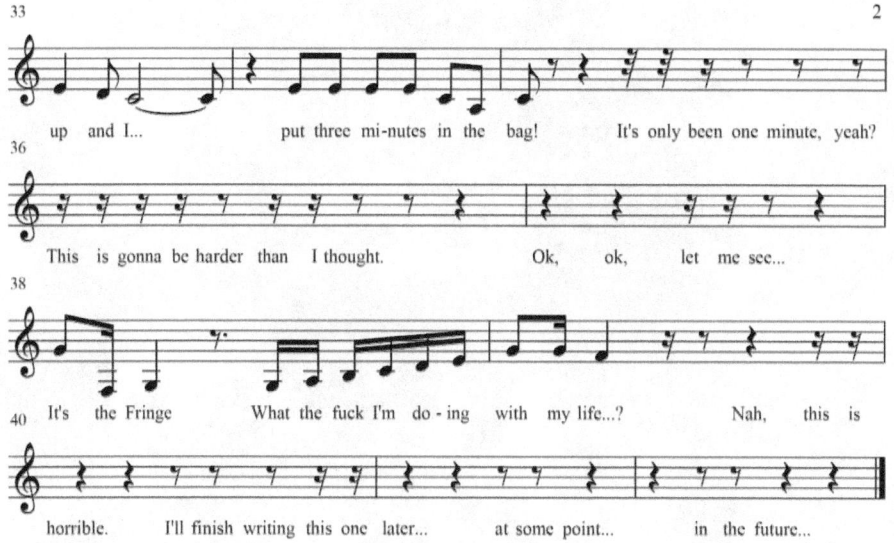

up and I... put three mi-nutes in the bag! It's only been one minute, yeah?

This is gonna be harder than I thought. Ok, ok, let me see...

It's the Fringe What the fuck I'm do-ing with my life...? Nah, this is

horrible. I'll finish writing this one later... at some point... in the future...

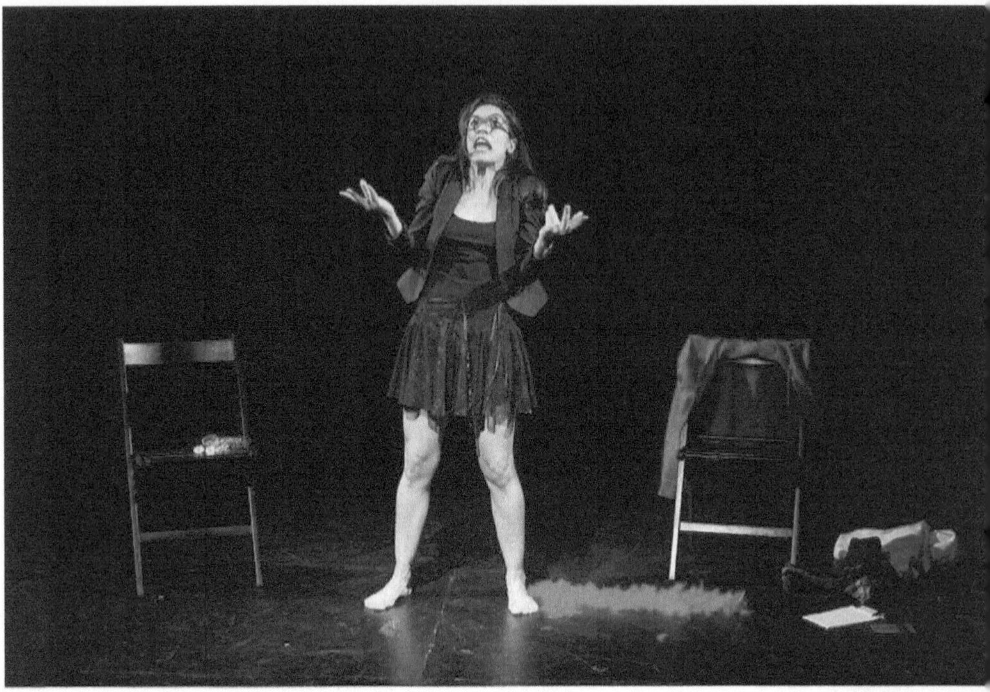

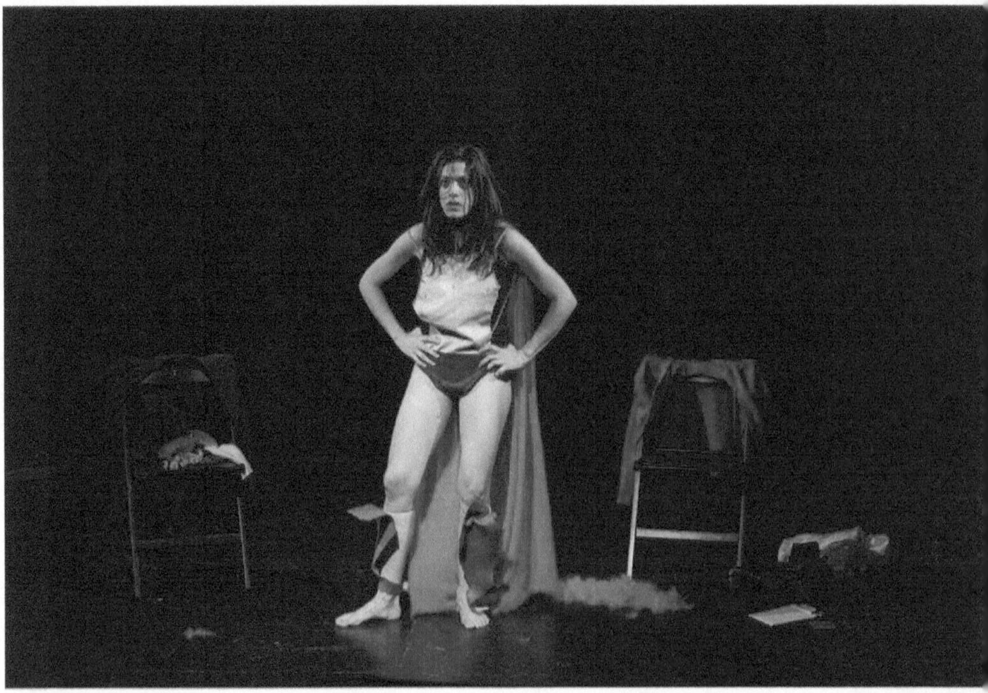

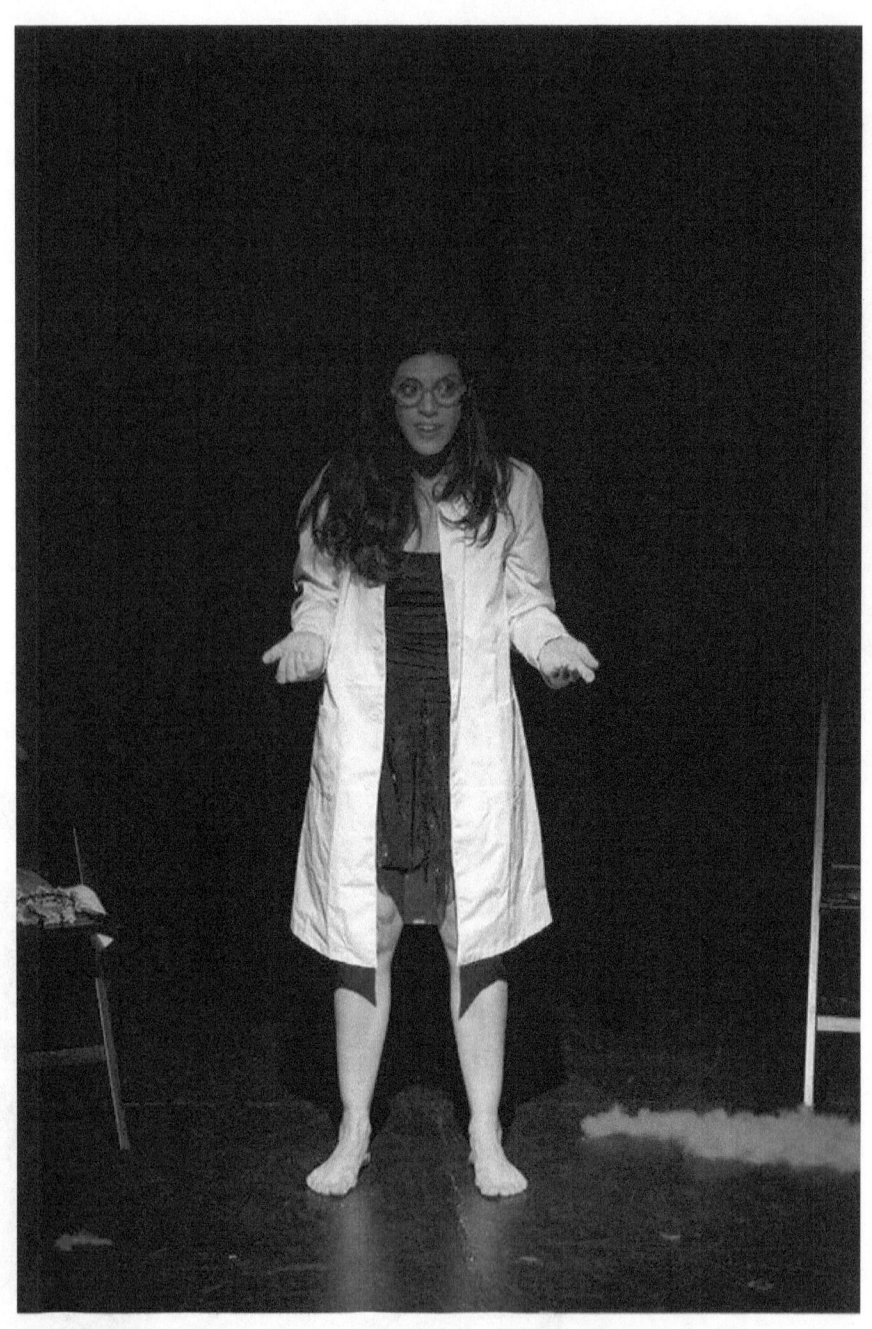

Fotos de Emma Nan Hu. Londres, outubro de 2018.
Todos os direitos reservados.

Críticas da turnê:

"A peça ressoará em um nível que você nunca imaginaria. Lark é absolutamente hilariante. Ela é uma comediante inteligente em sua melhor forma. Se assentimentos de afirmação fossem aplausos, Lark receberia uma ovação de pé após cada frase!"
- *The Fourth Wall, Perth, 2019*

"Hilariante narrativa. Fácil de se identificar, tempestuosa e perspicaz. Brilhantemente entregue."
- *Weekend Notes, Adelaide, 2019*

"Observações corretíssimas. Muito afiada e honesta. Foi como mostrar um espelho para o público. Um olhar engraçado e penetrante no mundo da procrastinação."
- *Upside News, Adelaide, 2019*

"Um meta show de alta energia, que leva o público, num curso intensivo, pela a vida de um procrastinador."
- *FringeFeed, Perth, 2019*

"O público não tem escolha a não ser se curvar perante sua nova Mestre Jedi. Lark é uma bola de fogo. Garantia de fazer você se sentir melhor sobre si mesmo."
- *The Advertiser, Adelaide, 2018*

"É difícil não amar Cristina Lark. Ela é uma comediante talentosa. Uma oradora maravilhosa e uma excelente atriz."
- *EdFringeReview, Edinburgh, 2018*

"Cristina Lark é um fogo de artifício com uma mente que se move tão rápido quanto um raio." - *Arthur's Seat, Edinburgh, 2018*

"Cristina Lark é mais do que um rojão no palco: está mais para uma explosão pirotécnica completa de fogos de artifício. Talentosa e muito engraçada. Uma hora hilária que passou rápido demais."
- *Chuck Moore, Adelaide, 2018*

SOBRE A AUTORA

Atriz, coach de public speaking e procrastinadora de primeira categoria, Cristina Lark morou e se apresentou no Reino Unido, Austrália, Espanha e Brasil.

Com um mestrado na renomada RADA (Royal Academy of Dramatic Arts) e formada pela USP, mas impossível de encaixar em qualquer papel estereotipado no exterior devido ao seu sotaque estranho, ela escreve seu próprio material, como a websérie sobre relacionamentos desastrosos "It's Not You ...", que recebeu críticas como "volte para o seu país, querida" de ingleses pró-Brexit, mas foi indicada ao prêmio de "Melhor Elenco de Comédia" no Rio Web Fest.

Ela trabalha em inglês, português, espanhol, catalão, francês e italiano. Ela também escreve, dirige, cria, lança e produz para teatro e audiovisual.

Parando para pensar, é incrível o quanto ela conquistou, dada sua longa história de procrastinação e deixando tudo para a última hora.

Instagram: @cristinalark